우리 인생

치 얼 업

당신을 응원합니다

KB210172

오늘도 치얼업!

☺ 지수 지음 ♡

생각정거장

작가의 말

온종일 액정 속 세상을 바라봅니다. 그 안에는 일도 있고 놀이도 있거든요. 한동안 노트북 자판을 두들기다, 아이패드 화면을 하염없이 만집니다. 그러다가 지치면 유튜브를 틀어 넷플릭스 시리즈를 정주행합니다. 스마트폰을 켜서 친구들 SNS도 구경하고, 게임도 한 판 합니다. 모든 흥미진진한 건 액정 안에 있는 것만 같아요. 액정 바깥에 있는 그 많던 놀이는 모두 잊혀 갑니다.

이 책은 쓰고 그리고 오리고 붙일 수 있는 여러 가지 놀이로 구성되어 있습니다. 다른 그림을 찾고, 색을 칠하고, 자신을 위한 응원을 적어 보세요. 직접 손을 움직이다 보면 아마 행복해질 거예요. 과자 상자 안쪽에 있는 숨은그림찾기, 연습장과 색연필이면 내내 신나게 놀 수 있었던 어린 시절의 우리가 그랬듯이요.

각각의 놀이에는 우리의 일상을 단단하게 받쳐줄 수 있는 응원을 담았습니다. 힘이 드는 날이면 아무 페이지나 펼쳐서 잠깐의 여유를 즐겨 보세요. 김토끼의 따뜻한 격려와 응원이 듬뿍 들어가 있으니 마음껏 놀면서 힘을 받으세요!

마음에 드는 그림이 나오면 오리거나 뜯어서 잘 보이는 곳에 붙여 두세요. 눈 마주칠 때마다 김토끼의 응원을 받을 수 있을 거예요. 짧은 메시지를 적어 소중한 사람에게 선물해도 좋아요. 귀엽고 재미있는 응원은 우리 모두에게 필요하니까요!

아무쪼록 이 책이 여러분의 시간을 잠깐이나마 행복하게 물들이기를 간절히 바랍니다.

지수, 겨울의 초입에서

색이 없다면 원하는 색으로 마음껏 칠해요.

비슷한 그림이 나란히 있으면
다른 그림을 찾아보세요.

숨어 있는 그림을 매의 눈으로 찾아보고요.

번호 순서대로 선을 이으면
멋진 그림이 탄생해요.

빈칸이 있으면 주제에 맞게 글을 적어 보세요.

가위와 풀도 준비해요.
오리고 붙여서 가지고 놀 수 있답니다.

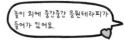

놀이 외에 중간중간 응원테라피가
들어가 있어요.

TIP

마음에 드는 페이지가 있다면 뜯어서 사용하세요.

한 장씩 뜯기 쉽게 되어 있답니다.

편지지로 사용할 수 있는 페이지도 있고요,

미니 포스터처럼 인테리어 소품으로도 활용할 수 있어요.

원하는 곳 어디든 김토끼를 놓아보세요!

주의

중간부터 뜯으면 책이 갈라질 수 있으니
앞에서부터 차례차례 뜯는 걸 추천합니다.

차례

김토끼

걱정도 고민도 사서 하지만,
그 끝은 언제나 긍정이다.
끙끙거리면서도 아무튼
영차영차 힘내서 살아간다.

김토끼의 친구들

강곰
김토끼의 든든한 동반자다.

오복슬
늘 곁에 있으리라는 확신이 든다.

쥐선생
세상에서 제일 현명하다.

흰털이
힘이 되어 준다.

작은새 (하늘색 새)
번번이 좋은 소식을 물어온다.

놀이 시작!

✦✦ 다 이루어져라! ✦

버킷 리스트bucket list는 죽기 전에 꼭 해야

할 일이나 꼭 하고 싶은 일들을 모아 놓은

목록을 이르는 말이에요.

당신은 인생에서 꼭 이루고 싶은 것이

있나요?

단순한 것이라도 좋으니 마음껏 적어요.

행복은 자신이 정하는 것이니까요!

원하는 것을 적는 것만으로도 버킷 리스트

에 한 발짝 더 가까이 가게 될 거예요.

BUCKET LIST

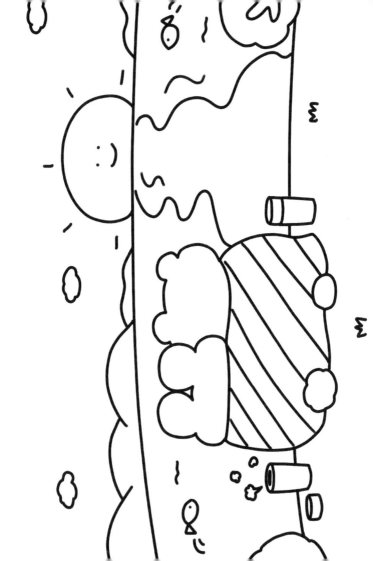

번호 순서대로 선을 그으면 원하는 길 이룰 거예요!

_____

_____

_____

_____

_____

_____

_____

_____

소중한 친구와 함께
서로에게 편지를 써 보세요.

_____

_____

_____

_____

_____

_____

_____

_____

☆ 당신이 일하는 공간 ♪

바쁜 일상 속 숨은 행복 5가지
첫사진, 하트, 오리, 편지, 쿠키

혹시 이 공간에서 행복을 찾을 수 있나요?

각자의 개성대로 꾸며진 다양한 형태의 일터지만
어느 집을 가든 하나쯤 숨어 있는 즐거움이 있죠. 가세돈 클립, 형형색색의 포스트잇들, 반가운 메시지가 담긴 편지나
책상 위에 놓인 가족사진, 혹은 휴대폰 케이스에
붙어 있는 귀여운 스티커까지.

5년 후의 너로부터

이름을
적어 보세요.

만화 속 빈칸을
채워 보세요.

미래의 나라면
지금의 내게
무슨 말을
해 줄까요?

③

- 5년 후의 너로부터

힝... 호엥...

④

무채색 일상에 색 더하기

☺ 다 해 낸 다~!!

☺ 최선이야! ✿

어쩔 수 없는 일에
마음 쓰지 말고

후회 집착 미련 후회 걱정

잘가!

떠나간 일에
미련 두지 말고

먹고 힘내서

할 수 있는 걸 해.

다 해 낸 다~!!

그것만 하면 돼.

똑같은 그림처럼 보이지만
다른 곳이 5군데 있어요!

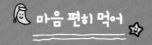

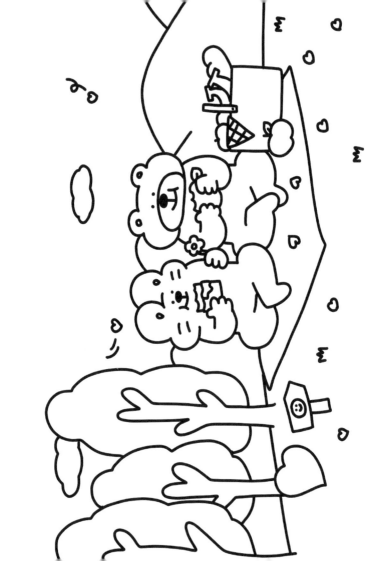

"

"

책을 읽고
마음에 드는 문장을
적어 봐요.
오려서 책갈피로
사용해도 좋아요!

"

"

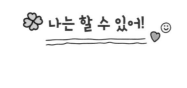

나는 할 수 있어!

할 수 있겠다!

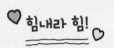

①

②

당근 농장의 스파이는 누구?

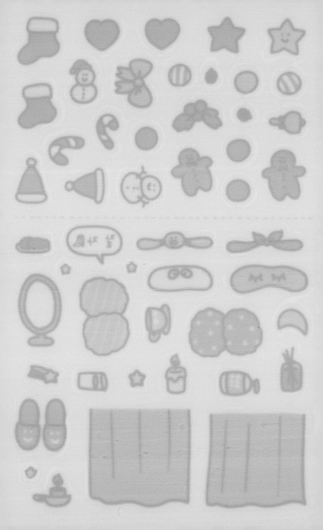

기본점환 옷 갈아 입기

둥글게 말아서 붙이면 기토끼를 세울 수 있답니다.
원하는 곳에 세워서 사진을 찍어 보세요!

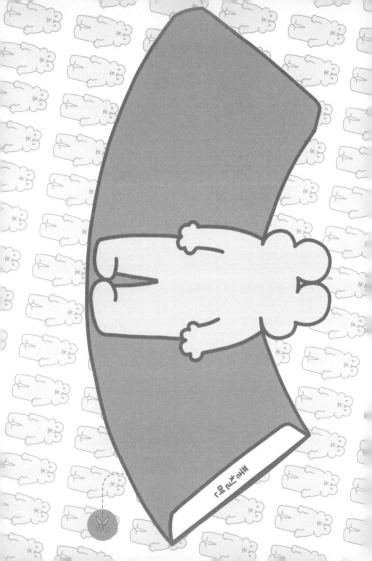

완성된 토끼 모양의 컵을 종이컵에 끼워 주세요~ 뿅!

뽀롱뽀롱 뽀로로 컵 씌우기 토끼

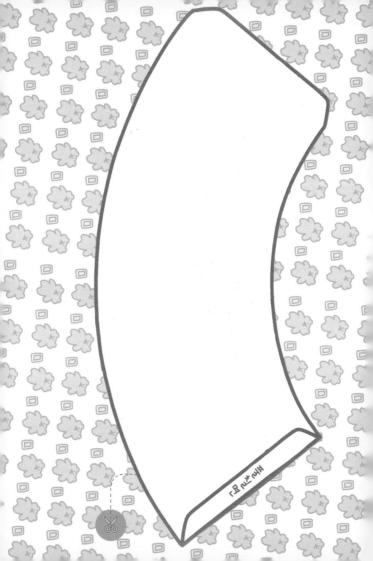

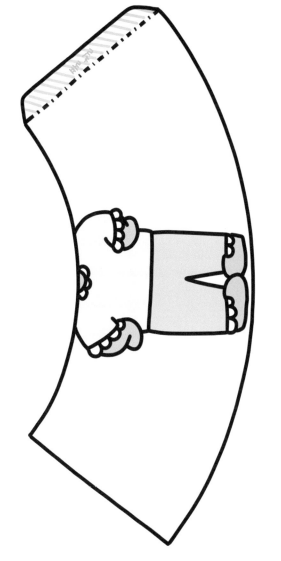

온도 둥글게 만들어서 가토끼
인형 위로 쏙~ 씌워 보세요!

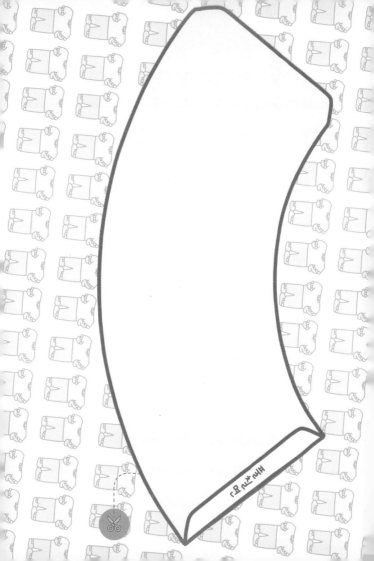

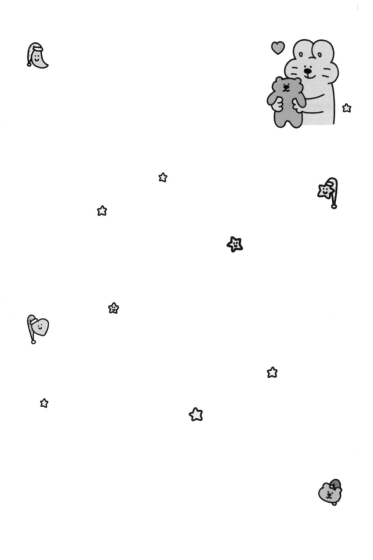

좋은 밤

내가 언제나 네 곁에 있어.

넌 최고야.

걱정 근심 모두 털어 내.

오늘도 잘했어.

걱정하는 그 일은 벌어지지 않을 거야.

푹 쉬고 나면 더 좋은 길이 보일 거야.

나랑 놀자.

즐겁게 살자. 나랑

네가 모르는 순간에도 네 행복을 바라고 있어!

네가 제일 좋아.

다른 그림 5곳을 찾아 보세요. 그리고 잠들기 전 하고 싶은 생각들을 적어 봐요.

즐거운 티 파티!

김토끼가 친구들을 초대해 맛있는 차와 케이크, 쿠키를 대접했어요.

친구들과 행복할 시간을 보내고 있던 김토끼가 냄비 위치가 바뀐 걸 보았어요.

누가 냄비 위치를 바꿨는지 찾아서 친구들이 안심하고 차를 마실 때까지 즐거운 티 파티를 함께 즐겨 봐요.

김토끼를 응원하러 온 친구는 총 (   )명이에요.

편히 못 먹지만

☺ 친구에게 들었던 칭찬 중
기분이 좋았던 말이 있나요? ♡

가까운 사이일수록 칭찬의 말을 건네기가

쑥스러워요. 하지만 가까운 이들의 말은

효과가 크죠.

아주 작은 칭찬이라도 그 말은 마음속에서

무럭무럭 자라 당신의 큰 자양분이 되지요.

그렇다면 당신이 친구에게 듣고 싶은 말은

어떤 말인가요?

또 당신은 친구에게 어떤 말을 하는 사람

인가요?

오늘 하루는 어땠는지
적어 보세요.

너의 모든 사소한
생활을 알 순 없지만

오늘 아침 개운하게
눈 떴기를

부디 오늘 하루도
몸에 좋은 걸 먹었기를

별일없이
마음 편했기를 바랄게.

오늘 하루는...

혼자서만 조금 다른 휴가를 즐기는
김토끼를 찾아 보세요.

수상할 때 꺼내 보기 ☑

좋아하는 단어 쓰기 ☑

용기를 주는 말 ☐

힘을 주는 단어쓰기 ☐

🍀 🍀

세잎 클로버의 꽃말, "행운" 찾기.

나만의 행운 엽서

편

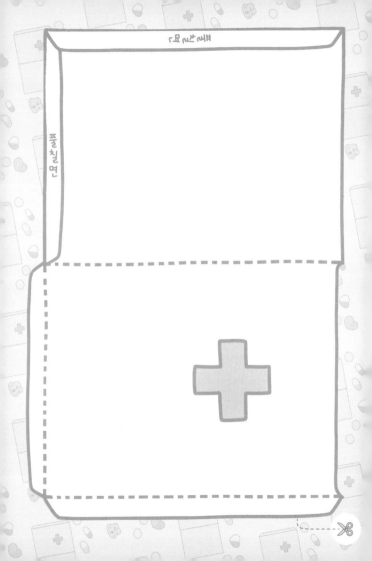

배 접는 곳

펼치는 면

시접 1cm

김토끼의 응원이 보이나요?
김토끼 인형을 만들어
필요한 응원이 보이도록 돌려 보세요.

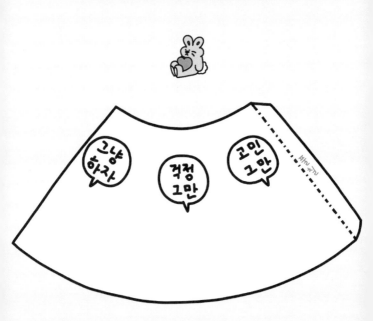

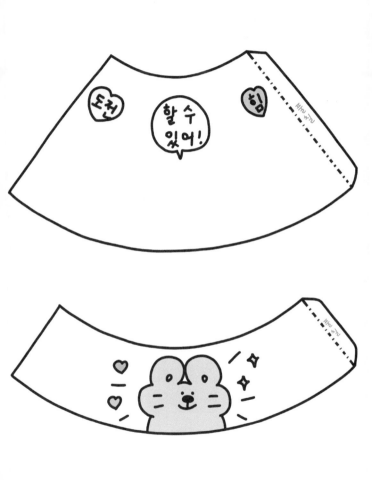

응원 인형 뒷면

똑같은 그림처럼 보이지만
다른 곳이 5군데 있어!

인생은 길고
나는 지쳤으니까~

그냥 달리다가는
때려치울지도 모르니까ㅠ

지금부터
내가...
사라져
볼게~

못 쉰 나는 못됐는데

나는 상냥한 내가 좋으니까

앗

호

쉬는 건 좋으니까!!

♪ 행복하길 ~♪

❀ ❀ ❀

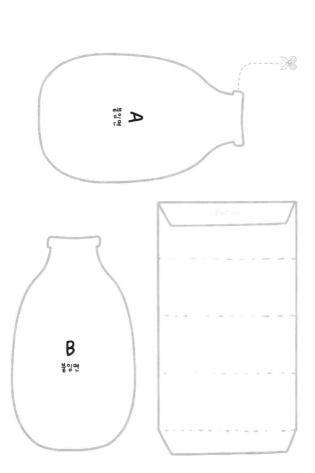

A
붙임면

B
붙임면

꽃병에 꽃을 꽂아 봐요

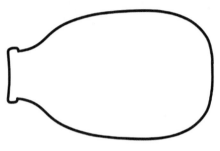

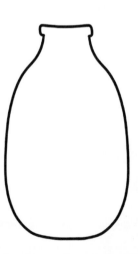

🌷 나를 믿어! 🌷

근심
고민
걱정

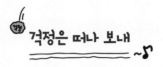

걱정은 떠나 보내 ~♪

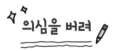

의심을 버려

① '안 한다'는 선택지를 지우고

망설인다 | 안 한다

한다 | 주저한다

② 못... 아니!

못 한다는 의심을 버려.

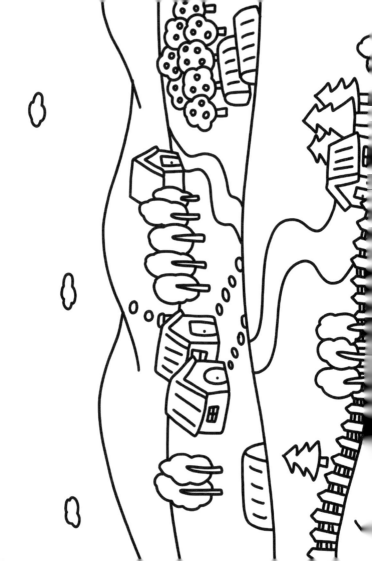

찰칵!

호박 사이에 숨어 있는 곰을 찾아 보세요!

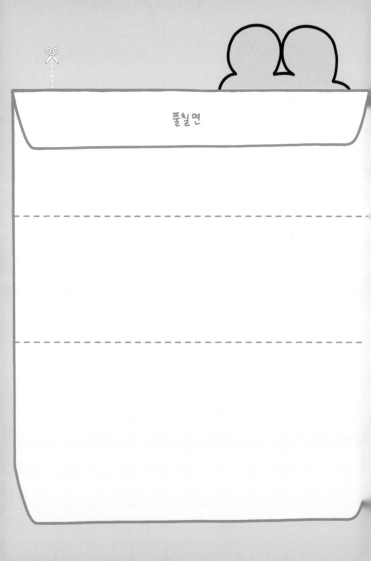

풀칠면

커피 없이 못 살아~
기토끼가 숨겨둔 커피 10잔을 찾아 볼까요? ☕

커피를 찾는 것도 잊지 말고요!

커피 숍 안 곳곳에 커피가 숨겨져있는데요, '몇 개가 숨겨져 있는지 찾아보세요.' 찾았다면 문제도 출제되어 있으니 답을 찾아 볼게요. 커피를 보셨다면 문제도 풀어보고요.

나만의 커피 화분제

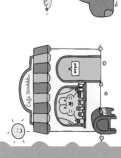

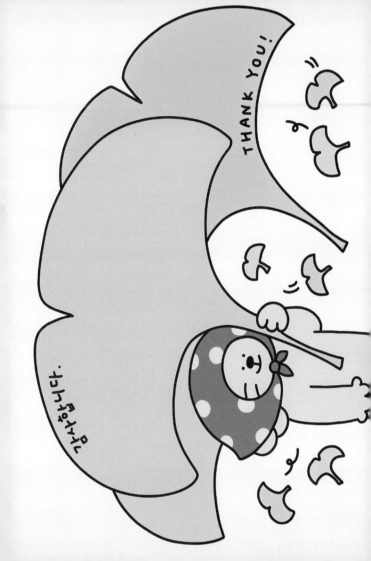

나를 위한 일

내가 하는 모든 일들

결국 나 좋으려고 하는 건데

...

너무 스트레스 받지 말자!

걱정하지 마

힘 빼고 차근차근하면 나는 뭐든 해낼 수 있어!
걱정 없어.
오늘도 한 걸음 내딛을 거야.
나는 나를 믿어.
행운이 함께한다.
나는 강하다.
넘어져도 일어나지.
할 수 있다!

다른 그림 5곳을 찾아 보세요. 그리고
자신을 긍정하는 말을 적어 봐요.

제일 중요한 건

마음 먹기 나름

세상 만사

마음 먹기 나름이야.

가장 좋은 마음을 먹고

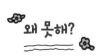

그림이 다른 빨간 두건 김토끼를 찾아 보세요!

휴식하는 김토끼에게
따뜻한 말 스티커를 붙여 보세요.

비록 지금은 내가
누워 있지만

끝!

끝

할땐 또 다
척척 해낼 거야.

그러니까
빈둥 대는 시간에

죄책감 안 가져도 돼...

나에게 칭찬하고 색칠하기

그림이 다른 눈사람 김토끼를 찾아 보세요!

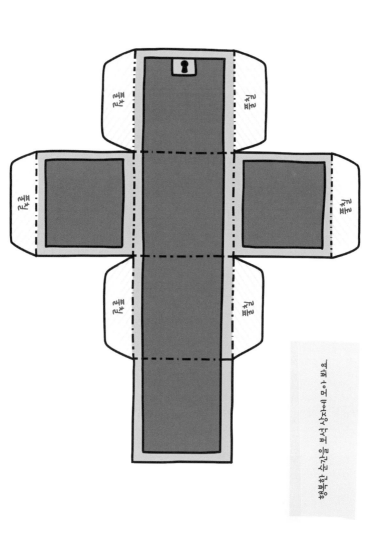

풀칠

풀칠

풀칠

풀칠

풀칠

풀칠

풀칠

풀칠

양봉농가를 안전하게 지켜주는 마법 상자

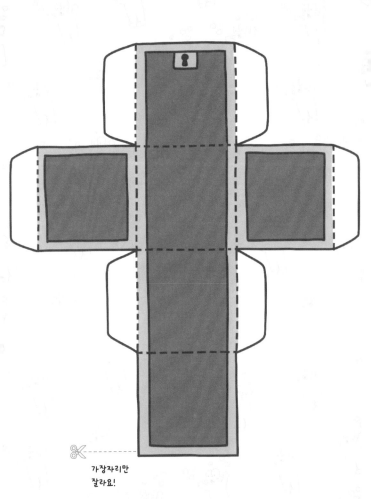

가장자리만
잘라요!

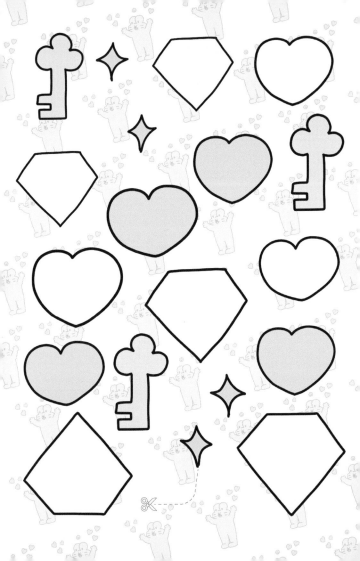

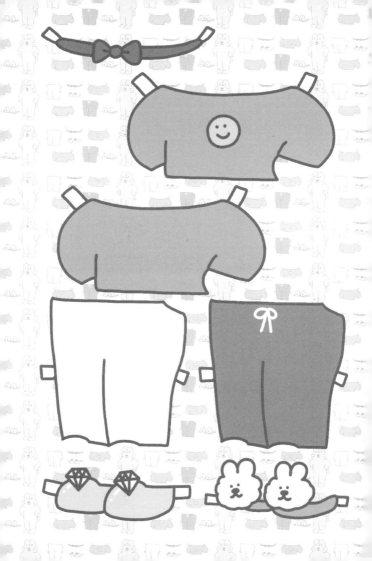

🦋 크리스마스의 꼬마 유령 🦋

꼬마 유령이 기토끼와 친구들이 크리스마스 트리를 파티 준비를 물래 찾아왔어요.

꼬마 유령도 함께 즐기고 싶은 거겠죠? 크리스마스 트리에 반짝 불을 낳아

'이얍' 하고 신나게 춤추는 꼬마 유령을 찾아보세요!

꼬마 유령을 찾아요!

👻 꼬마 유령

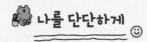 나를 단단하게 ☺

나는 나를 위한
하루를 보낸다.

나는 서두르지 않고
내가 할 일을 해낸다.

나는 기죽지 않는다.

나는 끝내 해낸다.

나는 나를 위해
가장 좋은 길을 걷는다.

나는
행복해.

오늘도!

나는 잘 된다.

믿어!

🌙 불안을 모두 모아 ⭐

내가 가진 불안은...

나를 불안하게 만드는 것을 모두 적었나요?

그렇다면 이 페이지를 뜯어서 마구 구긴 다음에

쓰레기통에 던져 버려요!

이제 마음 편히 꿈나라로!

성공 기억

끝내 해냈던 성공 기억은...

앞으로 하고 싶은 걸 마음껏 적어 보세요!

☺ 마이 웨이 ☺☺

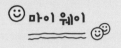

김토끼와 김토끼의 친구들이 주는 응원들, 잘 받았나요?

<오늘도 치얼업!>에 가득 담긴 여러 가지 미션을 해 나가면서
어떤 기분이 들었나요? 오랜만에 직접 손으로 쓰고 색칠하고 오리
고 붙이는 작업들을 하면서 잠시나마 머릿속을 가득 채웠던 근심과
걱정이 사라졌나요? 앞으로도 걱정과 후회, 두려움 등 부정적인 생
각들은 언제든 다시 나타날 거예요. 하지만 이런 감정들에 잠식
되기보다, 언제나 옆에서 응원하는 사람들을 떠올려 보세요. 아무
도 떠오르지 않는다면, 바로 김토끼가 여러분과 함께일 거예요.
기억하세요. 세상에는 당신과 같은 편이 어디든 있답니다!

주변의 수많은 김토끼를 떠올리며,
오늘도 치얼업!

오늘도 치얼업!

초판 1쇄 2022년 12월15일
초판 2쇄 2023년 2월10일

지은이 지수
펴낸곳 매경출판㈜
펴낸이 최경선
기획편집 김혜성
마케팅 김성현 한동우 **디자인** 김보현 김신아
등록 2003년 4월 24일(No. 2-3759)
주소 (04557) 서울시 중구 충무로 2(필동1가) 매일경제 별관 2층 매경출판㈜
홈페이지 www.mkbook.co.kr
전화 02)2000-2640(기획편집) 02)2000-2646(마케팅) 02)2000-2606(구입 문의)
팩스 02)2000-2609 **이메일** mkkid@mkpublish.co.kr
인쇄 · 제본 ㈜타라티피에스 031)945-1080
ISBN 979-11-6484-500-2(00810)